Camille

MARCOS EYMAR

EVA ET LOS FANTASMAS DE MADRID

SYROS

Tip TONGUE

DES ROMANS QUI PASSENT PETIT À PETIT EN ESPAGNOL

Tip Tongue, c'est un voyage en immersion

Le héros, un jeune Français comme le lecteur, part en voyage dans un pays étranger et vit une aventure aux côtés de personnages qui parlent... espagnol. Comme dans la vraie vie !

Avec Tip Tongue, lire de l'espagnol devient naturel

Pas besoin de dictionnaire ! Au début du roman, la langue étrangère se trouve seulement dans les dialogues, puis elle entre petit à petit dans la narration. Le lecteur comprend tout grâce aux stratégies des personnages pour communiquer. Le dernier chapitre est à 100 % en espagnol.

L'audio-book

Chaque titre offre une version intégrale audio téléchargeable. Un véritable bain de langue avec des accents authentiques pour découvrir comment se prononce un mot en langue étrangère au moment où on le lit !

SYROS Live

TÉLÉCHARGEZ L'APPLI SYROS LIVE ET SCANNEZ LA COUVERTURE DES ROMANS POUR OBTENIR LEUR VERSION AUDIO.

Tip Tongue se décline en anglais, espagnol, allemand... et pour tous les âges, de 8 à 17 ans.

La collection a obtenu en 2015 le **Label européen des langues**, récompensant l'excellence en matière d'apprentissage innovant. Chaque roman correspond à un niveau cible du **CECRL** (Cadre européen commun de référence pour les langues), sur lequel sont basés les programmes scolaires :

A1 (primaire et 6e), A2 (collège), B1 (lycée).

Se passionner

S'immerger

S'amuser

Être en empathie avec les personnages

Partager

Être encouragé, motivé

Être bienveillant

Répéter

Être créatif

Lire de bonnes histoires

S'améliorer

TIP TONGUE, C'EST UN ÉTAT D'ESPRIT : PLAISIR, CURIOSITÉ, CONFIANCE EN SOI !

Une collection dirigée par Stéphanie Benson

Label européen des langues

En partenariat avec l'UFR Langues et Civilisations
Université Bordeaux-Montaigne.

www.tiptongue.u-bordeaux-montaigne.fr

Illustrations de Clément Rizzo

ISBN : 978-2-74-852512-0

Para Vera y Elia, mis cazafantasmas.

Capítulo Uno

HABLAR EN SUEÑOS

Vous voulez savoir si les fantômes existent ? Alors, il faut que je vous raconte comment j'ai appris l'espagnol. Et croyez-moi, c'est une drôle d'histoire.

Tout a commencé un soir où je suis allée dormir chez Laure, ma meilleure copine. Comme d'habitude, on a plus papoté que dormi, mais à 3 heures du matin, on était quand même fatiguées et on a fini par fermer les yeux. À mon réveil, Laure me regardait avec une expression bizarre.

– Tu as parlé en rêvant, m'a-t-elle dit.

– Ah bon ? lui ai-je répondu, encore un peu endormie.

– Oui. En espagnol !

Là, je me suis esclaffée. Le rire, ça réveille.

– Tu rigoles ? Tu sais bien que mon père m'a obligée à apprendre l'allemand et que je n'ai jamais fait d'espagnol !

On aurait dit une mauvaise blague, mais Laure avait l'air sérieuse, voire un peu effrayée.

– Je t'assure que c'est vrai ! s'est-elle écriée.

– Bon, d'accord, et qu'est-ce que j'ai dit ?

– Je ne sais pas trop. Ce n'était pas facile de te suivre. Parfois tu parlais très fort, parfois très doucement. C'était assez confus...

– Alors comment tu sais dans quelle langue je parlais ?

– Parce que tu as dit « gracias », « adiós », « mamá », « papá », « casa », « perro »... Des tas de mots que je connais. Je fais de l'espagnol, moi !

J'étais toute troublée, même si je ne voulais pas le reconnaître. Je savais que Laure ne mentait pas, et pourtant je n'arrivais pas à croire ce qu'elle racontait. J'ai essayé de me rappeler mon rêve de la nuit. Je n'en conservais que quelques bribes : des rues désertes, un pont au-dessus de vieux toits aux tuiles orangées, un temple égyptien, une jeune femme, des aboiements lointains... J'avais l'impression d'avoir déjà fait ce même rêve par le passé.

– Ça veut dire quoi, « perro » ? ai-je demandé.

– « Chien », m'a répondu Laure. C'est quand même bizarre...

– Quoi ?

– En cours d'espagnol, nous galérons tous pour prononcer le « r » roulé de « perro ». Et toi, qui n'as jamais appris l'espagnol, tu le prononces parfaitement.

– Je suis surdouée, tu le sais bien...

Laure n'a même pas souri.

– Quand tu parlais en rêvant, tu n'avais pas d'accent, a-t-elle dit.

Au cours des jours suivants, je n'ai pas cessé de penser à cet étrange épisode. On dit que les rêves sont quelque chose de si intime que seules les personnes bilingues rêvent dans une langue étrangère. Comment peut-on alors rêver dans une langue que l'on ne connaît pas ? Comment était-ce possible que j'emploie pendant le sommeil des mots comme « perro », dont j'ignorais le sens éveillée ?

À la fin de mon année de sixième, je voulais choisir l'espagnol comme deuxième langue à la rentrée suivante. J'avais une bonne raison pour ça : toutes mes copines allaient faire de même. Au cas où cet argument choc n'aurait pas suffi, j'en avais d'autres tout aussi convaincants : les temples mayas au Mexique, si beaux sur le fond d'écran de mon ordi ; le gazpacho Alvalle que j'achetais au supermarché ; quelques images de Barcelone vues à la télé ; la chanteuse Violetta, que maintenant je trouve débile, mais que j'adorais à l'époque... J'avais fait part de ma décision à mon père.

– C'est hors de question ! s'était-il écrié avec une énergie qui m'avait sidérée.

Il s'était tout de suite raidi et avait adopté une expression grave que je ne lui connaissais pas.

– Tu feras de l'allemand !

– De l'allemand ?

– Les meilleurs élèves font de l'allemand.

– Mais je ne suis pas l'une des meilleurs élèves ! avais-je protesté.

– Eh bien, tu le deviendras ! avait-il assené d'un ton qui se voulait sans réplique.

J'étais restée bouche bée. Mon père haussait très rarement le ton. Il me laissait beaucoup de liberté. À un âge où certains parents vont encore chercher leurs enfants après les cours comme s'ils étaient à la maternelle, le mien m'autorisait à prendre toute seule le métro et à sortir jusqu'à 22 heures. Pourquoi cette intransigeance à l'égard de l'espagnol ? Il travaillait trop dernièrement, m'étais-je dit, il devait être stressé… J'avais songé à protester, à m'enfermer dans ma chambre, à faire de la résistance. Puis j'avais pensé que je pouvais faire de mon obéissance une arme de négociation. Peut-être que si je renonçais à l'espagnol, mon père me laisserait plus facilement aller à un concert de rock en compagnie de Laure. En fin de compte, je n'avais rien contre l'allemand. J'aimais bien la choucroute...

C'est ainsi que je m'étais retrouvée en classe de « Deutsch » à mon entrée en cinquième. Et voilà qu'une année plus tard, quand je commençais tout juste à pouvoir dire en allemand des phrases stupides du type « Wo kann man in Neustadt sein Auto waschen lassen » (« Où peut-on laver sa voiture à Neudstadt »), je me mettais à parler en espagnol la nuit...

Deux semaines après, Laure est venue dormir chez moi.

– Prête pour ta leçon d'espagnol ? lui ai-je demandé avant d'éteindre la lumière de ma chambre.

Je plaisantais et, pourtant, j'étais vraiment inquiète. Depuis ma dernière nuit chez Laure, j'avais fait d'autres cauchemars, dont les motifs se répétaient. Cette fois-là, en présence de mon amie, j'ai à nouveau fait un rêve angoissant : un chien s'enfonçait lentement dans le sable, il aboyait désespérément, moi j'essayais de le sauver, mais je glissais à mon tour dans les sables mouvants et tombais dans l'obscurité à toute vitesse, jusqu'à ce que j'aperçoive au-dessous de moi une grande ville hérissée de clochers d'églises et de vieux toits aux tuiles orangées contre lesquels j'allais m'écraser...

Je me suis réveillée en sursaut. La lumière du jour filtrait déjà à travers les volets de ma chambre. Avant même de voir le visage épouvanté de Laure sur le lit d'appoint, j'ai compris que l'étrange phénomène venait de se reproduire.

– Tu t'agitais dans tous les sens, m'a-t-elle expliqué, toute secouée. Parfois, tu sanglotais comme une petite fille. « Papá, ¿qué hace el perro? », répétais-tu comme une dingue...

– Qu'est-ce que ça veut dire ?

– « Papa, que fait le chien ? » m'a-t-elle traduit.

– Toute cette histoire est tellement bizarre ! Je ne sais pas si j'étais dingue dans mon rêve, mais je vais sûrement finir par le devenir pour de vrai…

Soudain, le visage de mon amie s'est éclairé.

– J'aurais dû y penser plus tôt ! Je connais quelqu'un qui pourra t'aider. Je suis sûre qu'elle trouvera une solution à ton problème. Ou plutôt un remède…

– C'est qui ?

Laure a souri d'un air malicieux.

– Remedios, ma voisine !

Capítulo Dos

REME

—Nada de Remedios, guapas, eso es para los médicos. Por favor, llamadme Reme.

Quand Remedios, ou plutôt Reme – Laure venait de me dire qu'elle préférait qu'on l'appelle par ce diminutif, et laisser les remèdes aux médecins –, nous a ouvert la porte, j'ai eu du mal à cacher ma déception. Laure m'avait décrit une voisine espagnole excentrique qui parlait le français avec un accent à couper au couteau et qui avait des pouvoirs de médium. J'avais imaginé une sorte de bohémienne aux vêtements colorés, couverte de bracelets et de pendentifs scintillants – à la place, j'avais en face de moi une femme de soixante-dix ans bien portés, aux cheveux grisonnants et habillée à la mode Zara ; bref, quelqu'un de très semblable à ma propre grand-mère.

– ¿Entiendes el español? m'a-t-elle demandé, en me fixant de son regard à la fois intense et bienveillant.

Même si je ne connaissais pas le mot « entiendes », j'ai déduit qu'elle voulait savoir si je comprenais l'espagnol.

– No, ai-je répondu.

C'était la seule phrase espagnole que je pouvais prononcer sans crainte de me tromper.

– Habla español en sueños, est intervenue Laure.

– ¿En sueños? En rêves ? a traduit Reme, comme si elle voulait être sûre d'avoir bien compris.

Nous nous sommes installées dans un grand salon rempli d'objets ésotériques et d'images de Vierges. Laure lui a raconté ce qui m'arrivait.

Au terme du récit, Reme m'a adressé un regard où la sympathie se mêlait à la curiosité.

– C'est un phénomène très, très étrange, a dit Reme. Muy, muy raro...

Après avoir vécu plus de quarante ans en France, elle passait d'une langue à l'autre sans s'en rendre compte – et sans changer d'accent !

– ¿Estás segura de que nunca antes has aprendido español?

Laure m'a tout de suite traduit : Reme voulait savoir si j'étais sûre de n'avoir jamais appris l'espagnol.

– J'aurais voulu l'étudier au collège, ai-je expliqué, mais mon père s'y est opposé. Pour lui, l'espagnol, ce n'est pas sérieux. « Que peut-on espérer d'une langue dont les mots les plus internationaux sont "fiesta" et "siesta" ? » m'a-t-il dit une fois.

Reme s'est mise à rire.

– Ton père se trompe. La fiesta y la siesta son cosas muy serias.

– Je suis tout à fait d'accord ! ai-je acquiescé (je commençais à bien aimer Reme !). Mais pour mon père il n'y a que Bosch, Siemens et BMW qui comptent. Il est ingénieur en télécommunications...

– El alma es mucho más complicada que toutes ces machines, a dit Reme.

Compliquée, l'« alma » ? Je me suis rappelé le nom de la station de métro parisienne « Alma-Marceau », ce qui ne m'a pas beaucoup aidé. Je me suis tournée vers Laure, mais apparemment elle non plus ne connaissait pas le sens du mot.

– L'âme, l'esprit, todo lo que tenemos en nuestro interior, nous a éclairées Reme. ¿Tienes algún antepasado, un ancêtre espagnol ?

– Pas que je sache, ai-je répondu. Les Dumont sont tous français depuis des générations. Du côté de mon père, j'ai bien peur que mon ancêtre le plus exotique soit un arrière-grand-père berrichon...

– ¿Y del lado de tu mamá? m'a demandé Reme.

Ma gorge s'est serrée. Ça faisait toujours mal d'en parler.

– Je ne connais pas trop ma famille maternelle. Ma mère a rompu les liens avec ses parents avant ma naissance. Elle est morte dans un accident de voiture quand j'avais quatre ans.

D'un geste affectueux, Reme a pris mon bras par-dessus la table du salon.

– Estoy segura de que te pareces mucho a ella.

– Elle dit que tu lui ressembles, m'a traduit Laure.

J'ai regardé Reme avec étonnement. Tous ceux qui avaient connu ma mère disaient que nous nous ressemblions comme deux gouttes d'eau. Comment Reme pouvait-elle le savoir ? Laure lui en aurait-elle parlé ?

– Tu madre sigue viva en ti, Eva.

Ta mère continue de vivre en toi... Cette fois-ci, je n'ai pas eu besoin de traduction pour comprendre Reme. L'espagnol était quand même plus facile que l'allemand ! L'idée d'être habitée par l'esprit de ma mère aurait pu me faire peur – elle m'a plutôt apaisée. C'était peut-être dû à la voix rauque et chaleureuse de Reme. En l'écoutant, on avait l'impression que rien d'agressif ou de déstabilisant ne pouvait sortir de sa bouche.

Elle est partie un instant à la cuisine et en est revenue avec un plateau rempli d'une sorte de petits beignets ronds faits maison. Elle nous a expliqué que c'était des buñuelos, un dessert espagnol typique de la période de la Toussaint. Je les ai goûtés et j'ai découvert avec délice que la garniture n'était jamais la même : crème, café, citron, chocolat... Les parfums ne semblaient avoir d'autre limite que ma gourmandise.

– El alma es como un buñuelo, a dit Reme. Nunca se sabe qué hay en el interior.

En me fixant de ses grands yeux noirs, Reme a commencé à m'expliquer la recette des buñuelos.

– Hay que mezclar el agua, la leche y la mantequilla. Remover una y otra vez. Despacio. Despacito. Remuer très, très lentement...

Ses doigts décrivaient des cercles devant mes yeux, imitant la façon dont il fallait mélanger l'eau, le lait et le beurre. La voix de Reme devenait de plus en plus enveloppante, comme les vagues d'une mer chaude et tranquille.

– Ensuite, il faut pétrir la pâte. Amasar, amasar...

Le sommeil m'envahissait sans que je ne puisse rien faire pour le contrer. Tout d'un coup, je me suis retrouvée propulsée au milieu des rues d'une ville inconnue. Une grande place entourée d'arcades, une tour avec une horloge, la vue radieuse d'un coucher de soleil depuis un pont... Je ne courais pas, et pourtant j'avançais à toute allure à travers ces endroits désertés. J'ai entendu un halètement derrière mon dos et j'ai compris que j'étais dans une sorte de fauteuil roulant et que quelqu'un était en train de me pousser. J'ai vu sur un mur un grand « V » dessiné à l'encre rouge. La personne derrière moi a lancé un cri et s'est mise à me pousser plus vite en direction d'un temple égyptien qui a surgi à l'horizon au milieu de la brume...

Brusquement j'étais à nouveau dans le salon en compagnie de Reme et de mon amie Laure. J'ai regardé autour de moi, complètement perdue.

– Qu'est-ce qui s'est passé ? Où suis-je ?

– Ce n'est rien, tesoro, m'a rassurée Reme. Solo una pequeña sesión de hipnosis.

Hypnose ? Reme m'avait-elle hypnotisée ? J'ai regardé Laure. Pour toute réponse, ma copine a touché l'écran de son smartphone et j'ai alors pu entendre l'enregistrement d'une voix bizarre qui s'exprimait en espagnol – j'ai mis du temps avant de comprendre que c'était la mienne.

« Más rápido, más rápido... Al pasar la barca, me dijo el barquero... Uve de vaca, uve de vacuna, burro el que escribe "burro" con uve... ¿Qué pasa? Está oscuro... Tengo miedo... »

« Plus vite, plus vite... Lorsque la barque est passée, le batelier m'a dit... "V" de vache, "V" de vaccin, celui qui écrit “bourricot” avec un “V” est un bourricot lui-même... Qu’est-ce qui se passe ? Il fait noir... J’ai peur... » Reme m’a traduit le charabia dans lequel je m’étais exprimée sous les effets de sa magie. Apparemment la référence à « la barca y el barquero » venait d’une comptine espagnole que je n’avais jamais entendue auparavant. Je ne saurais pas dire ce qui m’a frappé le plus, si c’était ces mots formulés par moi-même dans une langue que je ne connaissais pas, ou le ton sur lequel je les avais prononcés, tantôt joyeux, tantôt craintif, comme celui d’une petite fille abandonnée.

– Un espíritu trata de ponerse en contacto contigo, m’a expliqué Reme. O quizás son los recuerdos de una vida anterior...

Un esprit... Les souvenirs d’une vie antérieure... Reme en parlait avec un naturel désarmant, comme si elle était en train de réciter la liste des courses.

– J’ai quelque chose pour toi, m’a-t-elle dit tout à coup.

Elle s'est levée et s'est mise à fouiller dans la petite bibliothèque du salon. Je m'attendais à ce qu'elle m'offre un vieux grimoire rempli de formules pour chasser les mauvais esprits. Elle m'a donné un livre avec une danseuse de flamenco sur la couverture : *¡Olé! Método de español para principiantes*.

– C'est quoi ça ? ai-je demandé, dépitée.

– Un libro mágico, a dit Reme en souriant.

¡OLÉ!
MÉTODO DE
ESPÂGÑOL PARA
PRINCIPIANTES
¡OLÉ!

BFF

Capítulo Tres

APRENDIZAJE CLANDESTINO

Certaines filles de mon âge se cachent de leurs parents pour fumer ; d'autres pour échanger du blabla romantique avec leurs amoureux sur WhatsApp ; moi, j'ai été plus originale et je me suis cachée de mon père pour apprendre l'espagnol.

Reme a beaucoup insisté : si je voulais percer l'énigme de mes rêves, il me fallait me mettre à cette langue. « Para comunicarse con los fantasmas hay que hablar su lengua », m'a-t-elle répété. Le plus simple aurait sans doute été de tout raconter à mon père. J'ai failli le faire à plusieurs reprises, mais je me suis toujours ravisée à la dernière minute. Depuis notre dispute autour de l'allemand, j'avais remarqué qu'il évitait tout ce qui avait à voir avec l'Espagne. Un soir, au journal de 20 heures, le présentateur a lancé un reportage sur je ne sais quelle crise politique entre Madrid et la Catalogne ; il a immédiatement changé de chaîne. Un autre matin, la radio s'est mise à diffuser une chanson en espagnol : « Despacito, quiero desnudarte a besos despacito... » Tout de suite, mon père s'est levé et a éteint l'appareil.

À cet étrange rejet de l'espagnol, il fallait ajouter son mépris pour l'horoscope, la divination et tout ce qui n'était pas cent pour cent rationnel. « Ah ! Si seulement les gens faisaient un peu plus de mathématiques ! » s'exclamait-il à chaque fois qu'il entendait parler d'un attentat, d'une guerre ou d'un acte de barbarie quelconque. Pour lui, les équations et le calcul de probabilités étaient le remède universel à tous les maux de la Terre. Il croyait aux chiffres comme d'autres croient en Dieu. Qu'aurait-il dit (ou plutôt crié) en apprenant que je m'étais fait hypnotiser par une voyante espagnole ? Je tremblais rien que d'y penser...

En conséquence, je prenais les mêmes précautions avec mon manuel *¡Olé!* que s'il s'était agi d'une cargaison de cannabis. Je ne l'ouvrais qu'après m'être assurée que la porte de ma chambre était bien fermée ; j'écoutais toujours le CD avec mon casque. J'apprenais par cœur les dialogues des différentes unités, même lorsqu'ils étaient bêtes à en mourir. Je ne reculais pas devant l'étude des verbes irréguliers, des pronoms, des prépositions : « Yo quepo, tú cabes, él cabe... » ; « Yo, me, mi, conmigo... » ; « A, ante, bajo, con, cabe, de, desde, en, entre... ». Même les subtilités de l'emploi de « ser » y « estar » ne me faisaient pas peur : « ser malo », être méchant, versus « estar malo », être malade ; « ser moreno », avoir les cheveux bruns, mais « estar moreno », être bronzé ; « ser bueno », être sage, à ne pas confondre avec « estar bueno », être sexy...

Certains mots comme « pachucha » (patraque) ou « traviesa » (coquine) éveillaient en moi des échos familiers, comme si je les avais déjà appris il y a très longtemps. Peut-être que dans une autre vie j'avais été « bailaora » de flamenco ou « torera » – à en croire le manuel, ces deux professions occupaient la moitié de la population espagnole. Au fur et à mesure que je m'initiais aux mystères de la langue, j'avais l'impression d'entrouvrir une porte qui donnait sur une partie inconnue de moi-même. Qu'allais-je trouver de l'autre côté ? Parfois l'excitation et la curiosité cédaient place à l'inquiétude. Je me rappelais certaines des images vues en rêves – le chien s'enfonçant dans le sable, le « V » menaçant écrit à l'encre rouge – et je me demandais s'il ne valait pas mieux que la porte de l'espagnol reste fermée pour toujours.

Toutes les semaines, Laure et moi rendions visite à Reme dans son appartement. Elle était ravie d'avoir de la compagnie. Souvent elle nous faisait des gâteaux typiques, en fonction du calendrier : « el roscón de Reyes » à Noël, « las torrijas » à Pâques... Certaines des expressions que j'ai apprises chez elle gardent encore pour moi le goût sucré de ces desserts délicieux qu'elle préparait avec ses doigts de magicienne.

Je parie qu'il n'y avait pas de meilleur cours de conversation en espagnol dans toute la ville – gratuit qui plus est ! Le thème de chaque séance était imprévisible. Parfois elle nous parlait des pouvoirs des pierres ; d'autres jours, elle énumérait les miracles accomplis par la Virgen de los Remedios, en l'honneur de laquelle elle avait reçu son nom. Quand il pleuvait, Reme devenait maussade et nous racontait des histoires de la Guerre civile, qui avait plongé sa famille et tout le pays dans la misère. Ce que Laure et moi aimions par-dessus tout, c'était les jours où Reme était d'humeur joyeuse et se mettait à évoquer des anecdotes de sa vie d'émigrée en France. Elle avait passé sa première année à travailler dans les champs, aux abords d'un petit village proche de la frontière espagnole.

– A finales de agosto era la fiesta del pueblo. Hubo un baile en la plaza. Un chico muy guapo me sacó a bailar. Yo bailaba casi tan mal como hablaba francés y le clavé mi tacón en el pie. « Désolé, je vous ai pissé », le dije. El pobre me miró con horror a mí y a sus pantalones y salió corriendo…

« Pisar », en espagnol, voulait dire « marcher dessus », nous avait expliqué Reme. Laure et moi riions aux éclats en imaginant la scène : le bal du village fin août, le beau garçon qui invite la jeune et maladroite Reme à danser et celle-ci qui lui écrase le pied avec son talon, et s'excuse en toute innocence de lui avoir pissé dessus… Rien d'étonnant à ce que le garçon se soit enfui après avoir regardé son pantalon !

Qu'ils ont été drôles, quand j'y pense, ces mois d'apprentissage clandestin ! Pour justifier le temps que je passais enfermée dans ma chambre à étudier l'espagnol, je devais travailler aussi les autres matières, si bien que mes résultats, notamment en allemand, n'ont jamais été aussi bons que lors de ce semestre. Mon père, ravi de mes progrès scolaires, ne se doutait de rien.

Tout allait donc pour le mieux jusqu'à ce qu'au mois d'avril mes nuits deviennent de plus en plus angoissantes. Partout où me menaient mes rêves, je sentais la présence d'une ombre menaçante qui scrutait chacun de mes mouvements. Si Laure avait partagé ma chambre, je suis sûre qu'elle aurait entendu des cris en espagnol. Un jour, j'ai supplié Reme de faire quelque chose pour arrêter ces cauchemars. Après la séance d'hypnose à coups de buñuelos, elle avait toujours refusé d'exercer à nouveau ses pouvoirs sur moi. Devant mon désarroi, elle a accepté.

– Apaga la luz, por favor, m'a-t-elle demandé.

J'ai éteint la lumière du salon. Reme a pris deux agates de sa collection de pierres magiques et a déposé leur surface tiède sur mes paumes tournées vers le haut. Elle a ensuite mis ses propres mains sur les pierres et a fermé les yeux dans la pénombre.

– Veo oscuridad. Mucha pasión. Mucho sufrimiento. Un amor con el color de la muerte…

Obscurité, passion, souffrance, un amour de la couleur de la mort… J'étais impatiente de connaître la suite, mais Reme a ouvert brusquement les yeux. Elle avait l'air essoufflée. Pour la première fois, elle faisait bien son âge.

– Lo siento, cariño. Ya estoy vieja.

J'ai eu l'impression que la vieillesse était une excuse pour me cacher quelque chose qu'elle avait vu dans sa transe et qui l'avait effrayée. Laure était du même avis que moi.

– Tu crois vraiment à la magie ? lui ai-je demandé, en rentrant à la maison.

– Je ne sais pas si je crois à la magie, mais je suis certaine que je crois en Reme, m'a-t-elle répondu.

Capítulo Cuatro

MADRID VÍA FRANKFURT

–¿Os apetecería viajar conmigo a Madrid? nous a demandé Reme une semaine plus tard.

La proposition m'a prise de court. Un voyage à Madrid ? C'était une idée géniale, mais… Pour faire quoi au juste ? Du tourisme ?

– Madrid es la ciudad con la que sueñas, m'a révélé Reme.

Ça alors ! La ville de mes rêves, avec sa grande place aux arcades, ses toits aux tuiles orangées et la vue éblouissante sur le soleil couchant existait-elle vraiment en dehors de mon imagination ?

– ¿Cómo lo sabes? lui ai-je demandé.

– He nacido allí. Conozco la ciudad como la palma de mi mano.

Reme était née là-bas et connaissait la ville comme la paume de sa main, autrement dit, sur le bout des doigts… C'était surprenant que ces expressions se fassent écho dans les deux langues – personnellement, je ne regardais jamais ni la paume ni les doigts de ma main !

– El otro día, gracias a las ágatas, tuve una iluminación. La plaza con soportales que ves en sueños es la Plaza Mayor; la plaza con la torre y el reloj, la Puerta del Sol…

Plaza Mayor, Puerta del Sol… Les places qui hantaient mes rêves (celle entourée d'arcades et celle avec une tour surmontée d'une horloge) avaient donc un nom ! Peut-être suffirait-il de les visiter pour qu'elles cessent de m'obséder…

– ¿Y el templo egipcio? ai-je fait remarquer.

– Es mejor que lo descubras por ti misma. Madrid te está llamando; debes ir. ¿Podéis acompañarme?

« Madrid t'appelle et tu dois y aller... » Tout à coup j'ai éprouvé une envie irrésistible de suivre le conseil de Reme.

– ¿Cuándo? a demandé Laure au moment où je m'apprêtais à poser la question.

– A mediados de julio. Tengo que ir a ver a mi hija y a mi nieto. Necesito que dos chicas fuertes me ayuden con las maletas, a-t-elle dit en faisant le geste de porter une valise trop lourde. Yo pago el viaje.

J'avais appris les mots « hija » (fille) et « nieto » (petit-fils) dans le chapitre de la méthode *¡Olé!* consacré à la tournée flamenca d'une famille de gitans andalous. Du coup je n'ai pas eu besoin du dictionnaire pour m'enthousiasmer : aider Reme à porter ses valises quand elle irait rendre visite à sa famille mi-juillet ? Tous frais payés ? Claro, por supuesto, ningún problema! Laure était dégoûtée : ses parents avaient déjà acheté des billets d'avion pour la Corse aux mêmes dates. Moi, j'ai entrevu la possibilité de « matar dos pájaros de un tiro », de tuer deux oiseaux d'un seul tir, c'est-à-dire de faire d'une pierre deux coups : non seulement je pourrais résoudre une fois pour toutes le mystère de mes cauchemars à répétition, mais j'échapperais aussi à cet autre cauchemar qu'était la colonie de vacances où mon père m'envoyait chaque année en juillet... À la pensée de mon père, mon euphorie est brutalement retombée. Jamais il ne m'autoriserait à partir en Espagne avec une inconnue ! Et comment lui parler de Reme sans lui avouer que je l'avais roulé dans la farine pendant toute une année scolaire ?

– Mi padre no va a estar de acuerdo, ai-je dit avec tristesse. No te conoce de nada. Y yo le he... – J'ai mis quelques secondes avant de trouver l'équivalent espagnol de « tromper », un verbe que j'aurais aimé ne pas devoir employer, surtout pas à la première personne – Yo le he engañado.

– No te preocupes, m'a rassurée Reme. Hay que utilizar la picardía.

Picardie ? Que venait faire ici cette région française ? Reme a éclaté de rire.

– ¡No, tonta, nada que ver! « Picardía » es una palabra muy española. « Astuce », « ruse », « débrouillardise »... No sé cómo traducirla, pero sí utilizarla. ¡Ya verás!

Le 23 mai à 20 h 15, mon père a reçu un appel de Frau Muller. C'était la mère d'Ingrid, une élève allemande scolarisée dans mon collège. Sa fille avait tellement sympathisé avec moi durant l'année qu'elle voulait m'inviter à passer une semaine chez elle à Francfort cet été. Mon père était très étonné, car je ne lui avais jamais parlé d'Ingrid. Je lui ai fait remarquer qu'il était si occupé ces derniers temps qu'il était difficile de lui parler de quoi que ce soit.

La semaine suivante, Frau Muller et Ingrid sont venues à la maison pour rencontrer mon père et lui donner plus de précisions sur le voyage. Ingrid et moi nous sommes enfermées dans ma chambre pendant que Frau Muller et mon père discutaient au salon. À la fin de leur entretien, mon père était tout à fait rassuré. « Affaire réglée ! » m'a-t-il annoncé : « Tu pars en Allemagne ! » Un mois et demi plus tard, Frau Muller et Ingrid sont passées me chercher en voiture pour m'emmener à l'aéroport d'où partait notre vol pour Francfort. Mon père m'a accompagnée dans la rue avec les valises.

– Auf Wiedersehen, meine liebe Eva, a-t-il dit.

En l'écoutant dire en allemand « Au revoir, ma chère Eva » avec son épouvantable accent français, Frau Muller a eu du mal à contenir un fou rire. Moi, j'ai senti un pincement au cœur. J'ai failli tout lui avouer : que Frau Muller s'appelait en réalité Murta Dimitrescu et qu'elle était une amie roumaine de Reme qui avait vécu dix ans en Allemagne ; que la soi-disant Ingrid était sa fille et que je ne l'avais jamais vue avant qu'elle ne débarque chez nous avec sa mère. Finalement je n'ai rien dit. Mon envie de découvrir Madrid et de percer le secret de mes rêves a été plus forte que ma sincérité. En voyant le visage de mon père s'éloigner à travers la fenêtre arrière de la voiture, j'ai eu l'impression d'avoir grandi de plusieurs années d'un coup. Fallait-il mentir à ses parents pour devenir adulte ?

À l'aéroport, Reme a tout de suite senti mon inquiétude.

– No te preocupes, m'a-t-elle dit (c'était l'une de ses expressions favorites). Todo va a salir bien.

« Salir », en espagnol, c'était « sortir », et non pas « faire une tache », comme en français – dans une langue étrangère, comme dans la vie, il fallait faire gaffe aux faux-amis ! Reme voulait-elle dire que l'avion allait partir sans problèmes ? Ou plutôt (c'est ce que me semblait indiquer le contexte) que tout allait bien se passer ? J'avais du mal à ne pas m'inquiéter. J'étais envahie par une vague de pessimisme – ou était-ce juste de la culpabilité ? Une fois dans l'avion à destination de Madrid, Reme m'a tendu un guide de l'Allemagne.

– C'est quoi, ça ? lui ai-je demandé, interloquée.

– Algo tendrás que contarle por teléfono a tu padre, ¿no?

Je n'avais pas du tout pensé aux coups de fil de mon père. Elle était quand même douée, cette Reme ! Juste avant le décollage, j'ai reçu un texto de Laure en espagnol : « ¡Buen viaje, Eva! ¡Cuídate mucho y acuérdate de tu amiga! » Bien sûr que je prendrais soin de moi et que je n'oublierais pas ma chère et fidèle Laure... Son message m'a donné du courage. Pendant que l'Airbus fendait les nuages en direction de la capitale espagnole, je me suis plongée dans la lecture des pages que le guide consacrait à la ville de Frankfurt am Main : « Francfort est sans nul doute l'une des villes les plus élégantes et dynamiques d'Allemagne... »

HOTEL
TAXI

Capítulo Cinco

MAGIA GRIS

Quand nous sommes arrivées à Madrid, il faisait déjà nuit. Pendant tout le trajet de l'aéroport au centre, j'ai collé mon visage à la vitre du taxi, impatiente de connaître la ville qui hantait mes rêves. J'ai découvert une métropole moderne, au trafic dense, regorgeant de bars et de toute sorte d'enseignes lumineuses. Il était presque « medianoche », minuit, mais les rues étaient noires de monde.

– En verano los españoles vivimos de noche, como los vampiros, a plaisanté Reme.

L'été était donc la saison des vampires en Espagne… Je me suis rappelé le « V » de mes cauchemars. « V » comme vampiro… J'ai senti un frisson dans mon dos, malgré la chaleur nocturne.

Une demi-heure plus tard, Milagros, la fille de Reme, nous a ouvert la porte de son grand appartement, situé dans l'un des beaux quartiers de la capitale.

– Por favor, llámame Mila, m'a-t-elle dit après m'avoir fait la bise, avec un sourire aussi charmeur que celui de sa mère.

Le sourire et le diminutif n'étaient pas le seul point en commun entre mère et fille : Mila avait aussi hérité des dons magiques. Cependant, alors que Reme avait toujours réservé son talent surnaturel à ses amis et ses proches, Mila en avait fait sa profession. Elle m'a expliqué en quelques mots qu'elle présentait une émission à la télé qui s'appelait « Magia gris ».

– Conozco la magia negra y la magia blanca, no la magia gris, dije.

C'était la première phrase un peu élaborée que je prononçais en espagnol depuis mon arrivée.

– Hablas muy bien español, m'a flattée Mila. La magia gris es un tipo de magia intermedia que se sitúa entre lo bueno y lo malo.

J'étais fière d'avoir été comprise ! Elle m'a alors expliqué en quoi consistait cette magie intermédiaire entre le bien et le mal avec l'aisance de qui a répété des milliers de fois le même discours. Elle m'a ensuite montré un grand mur rempli de photos dédicacées sur lesquelles elle apparaissait en compagnie de célébrités dont elle m'a énuméré fièrement les noms : la duquesa de Alba, Isabel Pantoja, Santiago Segura... Je me suis bien gardée de lui avouer que ni leurs noms ni leurs visages ne me disaient rien. C'était, je suppose, comme si je lui avais parlé de Nabilla ou de Johnny Hallyday.

– Me encantaría ayudarte a ti también, Eva. Mi madre me ha hablado de tu caso.

« Ayudar », c'était un verbe que j'avais souvent entendu dans la bouche de Reme. Si je comprenais bien, Mila aurait aimé m'aider elle aussi. La magie grise serait-elle plus puissante que les pierres ésotériques de Reme ? En tout cas, elle devait coûter beaucoup plus cher, à en juger par les meubles design qui m'entouraient.

– Ahora debéis de estar baldadas, a-t-elle repris. Si tenéis hambre, hay cosas de picar en la nevera. Me encantaría pegar la hebra con vosotras en la terracita, pero mañana me espera un madrugón de aquí te espero...

Grâce à « el hambre » (la faim), j'ai deviné le sens de « cosas de picar » (des choses à grignoter) et de « la nevera » (le frigidaire). Mais « estar baldada », « pegar la hebra » et « madrugón de aquí te espero » ne m'évoquaient rien. J'ai pourtant compris l'essentiel : à la différence de sa mère, toujours cool et disponible, Mila était débordée et n'avait pas de temps à nous accorder. Depuis qu'on était rentrées dans l'appartement, Reme demeurait étrangement silencieuse. J'ai deviné que la relation entre elle et sa fille ne devait pas toujours être simple.

– ¿Y Pelayo? ¿Dónde se ha metido Pelayo? s'est exclamée tout d'un coup Mila, sur le ton de quelqu'un qui vient de se rendre compte qu'il a égaré son sac à main.

À sa façon de chercher du regard autour d'elle, j'ai deviné que Mila se demandait où son fils était passé. Elle a immédiatement disparu dans un couloir. Reme m'a adressé un regard de complicité.

– Mi hija es así. Un poquito acelerada...

« Accélérée » : en français on n'utilisait pas ce mot pour qualifier une personne, mais il décrivait à la perfection l'hyperactivité de Mila. On a entendu des cris au fond du couloir. Quelques instants après, la fille de Reme est revenue, accompagnée d'un garçon de mon âge. C'était son fils, Pelayo. Il était plutôt mignon, même s'il essayait désespérément de le cacher avec ses cheveux mal coiffés lui tombant sur les yeux et des vêtements noirs délavés qui n'étaient pas à sa taille. Il a fait la bise à Reme sans aucun enthousiasme, et m'a adressé un « ¡Hola! » qui ressemblait à un grognement. Il y a eu ensuite un silence plutôt gênant.

– Yo también estoy baldada, dijo Reme (« estar baldada » devait donc dire quelque chose comme « être épuisée »). ¡Buenas noches! Nos vemos mañana…

Reme s'est retirée. Mila a ordonné à Pelayo de me montrer ma chambre.

– *Mi* habitación, corrigió Pelayo.

Mila l'a foudroyé du regard.

– Tu habitación, sí, que va a ser la de Eva durante unos días.

J'ai cru comprendre la raison de la mauvaise humeur de Pelayo : sa mère l'avait obligé à me céder sa chambre pendant toute la durée de ma visite. Je me suis sentie coupable. En fin de compte, j'étais une pièce rapportée qui ne faisait pas partie de la famille. J'aurais voulu le remercier, mais je n'arrivais pas à me rappeler le verbe « laisser ».

– Gracias por darme tu habitación, dije finalmente, en utilisant le verbe « dar », « donner ».

– Dale las gracias a mi madre, a-t-il répondu d'un ton plutôt désagréable.

Juste avant d'ouvrir la porte de sa chambre, il s'est tourné vers moi et a ébauché un sourire qui se voulait inquiétant.

– Espero que te gusten las películas de miedo... a-t-il ajouté.

Les films de peur ? D'horreur ? Je n'en avais pas beaucoup vu, à vrai dire. Mes cauchemars me suffisaient largement...

– Me gusta Harry Potter, respondí.

Pelayo a eu un rire méprisant.

– Harry Potter es para los bebés.

Entramos en su habitación. Elle était immense, et l'énorme hauteur sous plafond de l'appartement la rendait encore plus imposante. Le mur en face du lit était tapissé d'affiches de films du type *Holocausto caníbal*, *Muñeco diabólico*, *El exorcista*... Au cas où les titres n'auraient pas été suffisamment explicites, on y voyait du sang à profusion. Pelayo m'a regardée, triomphant.

Sans doute s'attendait-il à ce que je me mette à trembler comme une feuille.

– La magia gris de mi madre es una mariconada...

– ¿Una qué?

– Perdona. Es una palabra que una niña educada como tú no debe conocer (dans sa bouche le mot « éduquée » devenait presque une insulte). A mí lo que me mola es la magia negra.

À son ton, j'ai deviné que « una mariconada » devait être un mot vulgaire équivalent à « de la foutaise », ou quelque chose de pire, et « me mola » une expression du type « me branche ». Le pauvre voulait tellement m'impressionner qu'il en devenait pathétique. Aurait-il eu le courage, comme moi, de mentir à ses parents pour se confronter à l'origine de ses cauchemars ? Je me suis détournée de ses affiches d'enfant gâté freak et je me suis approchée de la fenêtre, dans l'espoir de découvrir une vue de Madrid. On ne distinguait que les fenêtres fermées de l'appartement du vieil immeuble d'en face.

– En ese piso de enfrente vivió el doctor Velasco, dijo Pelayo.

– ¿Quién?

– Un médico muy famoso del siglo XIX. Uno de los primeros que trabajó con cadáveres en España. Entiendes cuando te hablo, ¿verdad?

Son commentaire m'a vexée. Ce n'était pas parce que j'étais étrangère que j'étais débile... Un médecin du XIXe siècle qui travaillait sur des cadavres avait habité l'appartement d'en face – il n'y avait rien de très compliqué là-dedans.

– Su mujer cayó enferma. Arrogante como era, Velasco quiso curarla él solo. Se equivocó con el tratamiento. Su mujer murió. Velasco se volvió loco de dolor...

« Enferma », encore un faux-ami : la femme du docteur n'avait pas été enfermée (quoi qu'on pouvait s'attendre à tout de la part d'un mari pareil) – elle était tombée malade. L'espagnol était rempli de termes équivoques et du coup c'était facile de se tromper, comme Velasco s'était trompé de traitement. Un médecin arrogant qui tue sa femme en essayant de la guérir et devient fou de douleur... Il fallait reconnaître que cela devenait intéressant.

– Se puso a confundir a su hija Conchita con su mujer muerta. Quiso vestirla con el vestido de novia que su mujer había llevado el día de la boda. Conchita se suicidó tirándose por esa ventana de ahí...

Là, ça se compliquait un peu, mais je mettais un point d'honneur à ne pas demander d'explications à Pelayo. Reme nous avait expliqué les mots « novia » (« mariée ») et « boda » (« mariage ») lorsqu'elle nous avait parlé de son défunt mari, avec lequel elle communiquait tous les premiers dimanches du mois. Quant à « tirarse », je ne connaissais pas le mot, mais il n'y avait pas mille façons de se suicider depuis une fenêtre... J'ai imaginé la pauvre Conchita sautant dans le vide pour essayer d'échapper à la folie de son père qui la prenait pour sa mère morte... J'ai fait de mon mieux pour rester imperturbable. Je ne voulais pas que Pelayo s'aperçoive du tremblement qui venait de me parcourir.

– Velasco, víctima de la locura, momificó el cadáver de su hija, la vistió con el vestido de bodas y siguió hablándole como si fuera su difunta mujer.

Il fallait être vraiment détraqué pour momifier sa fille et l'habiller avec la robe de mariée de sa femme morte ! En cours de littérature, on m'avait parlé de *Don Quichotte*. Peut-être que les Espagnols étaient spécialistes des histoires de folie.

– Desde entonces muchos han visto su fantasma detrás de esas ventanas. Te aconsejo que no mires hacia allí de noche. ¡Que tengas felices sueños!

Après m'avoir mise en garde contre le fantôme du docteur Velasco et souhaité ironiquement de beaux rêves, Pelayo a quitté la chambre. Moi, je suis restée à côté de la fenêtre. Ce gamin prétentieux ne devait surtout pas croire que j'avais peur de ses légendes à dormir debout.

Capítulo Seis

DEJÀ-VU

—¡Es la torre que vi en sueños! me suis-je écriée en voyant l'horloge de la Puerta del Sol.

Mon père m'avait informée que le phénomène de déjà-vu – la sensation très étrange d'avoir déjà vécu ce que l'on vit pourtant pour la première fois – s'expliquait par la fatigue ou le stress. Or, la nuit précédente, malgré les affiches de zombis et de créatures diaboliques, j'avais dormi « como un tronco » (en espagnol) ou « comme une souche » (en français). Pour la première fois depuis très longtemps, je ne me souvenais pas d'avoir rêvé. Mon séjour en Espagne commençait déjà à porter ses fruits et je me sentais détendue et d'excellente humeur. Cependant, en arrivant à la célèbre Puerta del Sol, le cœur de la capitale, l'endroit où des milliers de gens fêtaient tous les ans le réveillon, j'ai eu la certitude troublante que j'étais déjà venue là.

– ¡Estás poseída!, observó Pelayo, excitado.

Pour lui, être possédée, c'était cool. Depuis que Reme lui avait parlé de mes cauchemars ce matin-là, il était devenu un peu plus sympa avec moi. Peut-être qu'il avait besoin de se croire dans un film d'horreur pour devenir quelqu'un de normal.

– A veces, en el momento de la reencarnación, los recuerdos de la vida anterior no desaparecen completamente, dijo Reme.

Je n'avais pas la tête à penser à la réincarnation. J'étais happée par le sentiment de marcher éveillée sur une scène vue des dizaines de fois en rêve. La Puerta del Sol grouillait de vie :

des touristes, un groupe de manifestants anti-corrida, des gens qui faisaient la queue pour acheter un ticket de loto chez Doña Manolita (une agence réputée pour sa chance, m'a expliqué Reme), d'autres qui se promenaient avec d'étranges panneaux annonçant « Compro oro » (apparemment, pendant la crise qui avait frappé durement le pays en 2008, la valeur de l'or s'était envolée)...

A mi alrededor, autour de moi, les mots et les expressions des passants fusaient à toute vitesse. Vaya por Dios... Me cago en la mar... ¿Viste el careto que se le quedó?... Me costó cinco pavos... Je n'en comprenais qu'une petite partie, mais ce que je comprenais me rendait heureuse. Je me suis dit qu'entre les méthodes de langue et la langue qu'on parlait dans la rue, il y avait la même différence qu'entre l'auto-école et la vraie circulation. J'avais l'impression que sur la Puerta del Sol les phrases se bousculaient, klaxonnaient, ne respectaient ni feux ni signalisations.

Reme marchait très lentement. Nous avons mis une demi-heure pour atteindre la Plaza Mayor. J'y ai éprouvé la même impression de déjà-vu qu'à la Puerta del Sol, mêlée cette fois-ci à l'émerveillement. Avec ses arcades, ses tours et ses pavés, la vieille place était beaucoup plus belle que dans mes rêves. Endormie, je l'avais traversée avec le sentiment d'être poursuivie par une ombre sinistre ; réveillée, je n'éprouvais que du bonheur à l'admirer. Reme nous a proposé de manger un « bocata de calamares, el preferido de los madrileños ». Je dois avouer que l'idée de manger des calamars panés entre deux grosses tranches de pain me semblait assez aberrante. Une fois que j'y ai goûté avec un Coca bien frais, j'ai tout de suite changé d'avis.

Nous sommes arrivés au Viaducto à la tombée du jour. J'ai tout de suite reconnu le pont au-dessus de toits aux tuiles orangées que j'avais vu dans mes rêves.

– Es una de las puestas de sol más bonitas de Europa, dijo Reme.

J'étais prête à le croire : « la puesta de sol », le soleil couchant, submergeait le Palacio Real et les vieilles ruelles du Barrio de los Austrias dans une lumière qui ressemblait à de l'or dilué. Au loin, on apercevait la forêt de la Casa de Campo et la silhouette des montagnes de la Sierra. Malheureusement, des panneaux en verre transparent avaient été placés tout le long du pont, ce qui enlevait un peu de charme à la scène.

– Este siempre ha sido el lugar favorito de los suicidas, m'a expliqué Pelayo, toujours prêt à me fournir des détails macabres. Había tantos suicidios que tuvieron que poner estos cristales.

Difficile d'imaginer qu'on puisse se suicider dans un endroit aussi beau. Le Viaducto était presque désert – il n'y avait qu'un homme habillé en noir qui semblait nous observer à distance. Soudain, l'impression d'irréalité est devenue trop intense. J'ai eu peur que Reme et Pelayo s'évanouissent comme des ombres et que je me retrouve plongée dans mon cauchemar.

– ¡Vámonos! ai-je dit avec un frémissement dans la voix que Reme a aussitôt perçu.

L'homme en noir est monté avec nous dans le bus et est descendu au même arrêt. Il se tenait loin, de sorte que je n'ai pas pu voir son visage. Il a commencé à marcher derrière nous – il nous suivait ! J'allais en parler à Reme, lorsque l'inconnu a disparu au détour d'une rue. Sans doute l'excitation de la journée m'avait-elle rendue un peu parano.

Esa noche, recibí una llamada de mi padre.

– Wie gehts? m'a-t-il demandé.

J'ai paniqué. Tout d'un coup j'avais l'impression d'avoir oublié comment répondre en allemand à cette question toute simple : « Comment ça va ? »

– Alles gut, ai-je réussi à répondre *in extremis*. Aujourd'hui, j'ai visité avec Ingrid le siège de la Banque centrale européenne. On nous a un peu parlé de la politique monétaire. C'était très instructif !

Quand la conversation a pris fin, j'ai été soulagée. J'ai éprouvé à nouveau de la culpabilité, mais pas du tout de regrets. Me sentía feliz de estar en Madrid. Pour rien au monde je n'y aurais renoncé. Avant de me coucher, j'ai envoyé un texto à Laure : *Madrid me encanta. Cuando sea mayor, voy a vivir aquí.*

Capítulo Siete

EL TOUR DEL TERROR

Le lendemain Reme se sentait épuisée, et Mila, comme tous les jours, était partie à six heures du matin pour enregistrer son émission. Reme a donc demandé à Pelayo d'être mon guide dans Madrid.

– Vale, dijo Pelayo, pero será un tour del terror. Te vas a cagar de miedo.

– ¿Cagar?

Pelayo se echó a reír.

– ¡Siempre tan educadita! Es una palabra importante. Todo el mundo caga (il a imité quelqu'un qui serait aux toilettes en pleine constipation). Los españoles nos cagamos en todo: en la leche, en la mar salada, en la hostia, en mis muertos… ¡e incluso en Dios!

« Me cago en la leche », « me cago en la hostia »… J'avais déjà entendu certaines de ces expressions dans la rue. C'était déjà très bizarre de chier sur le lait, sur la mer salée, sur l'hostie ou sur mes morts, mais… sur Dieu ! Il fallait être un peuple très catholique pour pouvoir se permettre de telles familiarités avec le créateur ! Il était évident que Pelayo voulait me choquer ; j'ai essayé de rester impassible.

– Puedes estar tranquilo, le respondí. No tengo problemas de intestino.

El tour del terror comenzó por la Casa de las Siete Chimeneas. Chacune des cheminées correspondait à l'un des sept péchés capitaux. Pelayo s'est fait un plaisir de me les énumérer : « lujuria, gula, avaricia, pereza, ira, envidia, soberbia ». Il m'a demandé de les lui traduire en français : « luxure, gourmandise, avarice, paresse, colère, envie, orgueil ». Il m'a expliqué que cette maison était maudite et qu'on y avait trouvé les cadavres de plusieurs femmes emmurées, dont la maîtresse de Philippe II, probablement assassinée sur ordre du monarque lui-même. Beaucoup de gens avaient vu son spectre depuis, marchant parmi les sept cheminées et pointant un bras accusateur vers l'Alcázar, l'ancienne résidence du roi...

Después de la Casa de las Siete Chimeneas, Pelayo me llevó al Palacio de Linares, otro lugar habitado por los fantasmas de una familia llena de crímenes y secretos. Allí, me explicó, se habían oído todo tipo de ruidos extraños. Des bruits étranges ? J'entendais juste les gargouillements de mon ventre (j'avais encore du mal à m'adapter aux horaires tardifs des repas espagnols). Du Palacio de Linares fuimos andando al parque del Retiro. Pelayo m'a montré la statue del Ángel Caído, l'Ange Déchu.

– Es la única estatua dedicada al diablo en una ciudad europea, m'a-t-il dit avec fierté. Dicen que aquí se organizan misas negras clandestinas.

Il s'est arrêté ensuite dans une avenue du parc, bordée de statues et de vieux arbres majestueux.

– ¿Te acuerdas del doctor Velasco? m'a-t-il demandé.

– ¡Claro!

– Por aquí solía pasearse en su calesa.

Después de una pausa añadió:

– Acompañado por el cadáver momificado de su hija...

Une promenade en calèche avec le cadavre momifié de sa fille... Ni cette histoire ni celles que j'avais entendues pendant toute la matinée n'avaient réussi à me couper l'appétit. On s'est allongés au bord de l'étang du parc pour manger les sandwichs au chorizo que Reme nous avait préparés. Si on fermait les yeux, on se croyait à la plage. À quelques mètres à notre droite, un musicien de rue jouait du flamenco. Un peu plus loin, une femme imposante entonnait des airs d'opéra. En face, du côté d'un grand monument blanc avec des colonnades, un groupe de jeunes s'était réuni pour faire des percussions africaines. Le résultat était une joyeuse pagaille.

– Si yo era un fantasma...

– Si yo fuera, me corrigió Pelayo.

– Si yo fuera un fantasma, también... ¿querría? (Pelayo a approuvé d'un hochement de tête.) También querría volver a la vida aquí, en Madrid.

Pelayo n'a pas réagi. Peut-être qu'il ne m'a pas comprise. Ce que je voulais dire, c'est que Madrid me semblait une ville tellement gaie que, si j'étais morte, je ferais aussi tout mon possible pour y revenir, ne serait-ce que sous la forme d'un fantôme. Ou peut-être qu'il m'avait bien comprise et qu'il n'avait pas aimé mon commentaire. Ce garçon prenait tellement au sérieux tout ce qui avait à voir avec le surnaturel...

– ¿De verdad crees en los fantasmas? le pregunté.

Pelayo m'a regardée, presque offensé.

– ¡Claro que sí! ¿Tú no? ¿Después de lo que te ha pasado?

Je n'ai pas su quoi lui répondre. D'un côté, je n'avais aucune explication rationnelle pour justifier mes rêves en espagnol et le sentiment de déjà-vu qui m'avait assaillie la veille ; d'un autre côté, j'étais quand même la fille de mon père, et j'avais du mal à croire aux esprits... En parlant à Pelayo de mon père, je me suis rendu compte qu'il ne m'avait jamais parlé du sien.

– ¿Y tu padre? le pregunté.

Pelayo desvió la mirada hacia el agua del estanque.

– Murió de un cáncer cuando yo era pequeño.

J'ai été touchée. Pelayo aussi était à moitié orphelin !

– Mi madre también. En un accidente de coche. Cuando yo tenía cuatro años, le dije.

À la façon dont il m'a regardée, j'ai compris que lui aussi était ému.

– ¿No la echas de menos? m'a-t-il demandé.

Si elle me manquait ? Bien sûr !

– Reme me dijo que mi madre vivía en mí, le dije. Tenía razón. Si no había, perdón, si no hubiera muerto, no sería la que yo soy ahora, ¿entiendes?

Ce que je voulais dire, c'est que si ma mère n'était pas morte, j'aurais été quelqu'un de complètement différent, et comme on a toujours du mal à s'imaginer différent de ce que l'on est et qu'au fond on s'aime toujours un petit peu, j'étais arrivée dans une certaine mesure à accepter sa mort... Décidément, ce jour-là j'avais des idées bien compliquées à traduire en espagnol !

– Me gustaría saber más sobre mi madre. Mi padre nunca me habla de ella, me lamenté.

– Mi madre tampoco habla nunca de mi padre. Trabaja todo el día, m'a dit Pelayo.

Finalement, avoir une mère magicienne n'était pas si différent d'avoir un père ingénieur !

– Cuando sea maestro de la orden del Fénix Negro, me pondré en contacto con su espíritu.

Tout d'un coup, je me suis dit que l'obsession de Pelayo pour les fantômes naissait peut-être du désir de communiquer avec son père mort...

Il m'avait souvent agacée avec ses histoires sinistres et ses airs de supériorité, mais là, je commençais à le trouver touchant.

Nous étions bien fatigués après notre « tour del terror » et on a pris le métro pour rentrer à la maison. Pelayo estuvo silencioso durante un buen momento. Je pensais qu'il avait épuisé son stock de légendes urbaines, mais je me trompais. Pendant qu'on attendait sur le quai, « el andén », il s'est réveillé pour me raconter la légende du dixième métro de la ligne 5 : à partir de 22 heures, si on laissait passer neuf métros, le dixième était rempli des âmes errantes de tous ceux qui étaient morts dans le réseau souterrain. Celui qui y montait disparaissait pour toujours.

– Se cuenta el caso de un chico que entró en esta estación a las diez y diez, dijo Pelayo bajando el tono de voz, con aire misterioso. Estaba tan cansado que se quedó dormido y no se dio cuenta de que habían pasado nueve metros. Se despertó cuando llegó el décimo metro y se subió. Desapareció. Nunca más se ha vuelto a saber de él…

Le soir, alors que j'avais la tête remplie de toutes ces histoires d'horreur, j'ai reçu un nouveau coup de fil de mon père.

– Ça va ? Il paraît qu'il pleut beaucoup en Allemagne. À la télé, on parle même d'inondations…

On s'était promenés toute la journée par trente-cinq degrés sous un soleil de plomb. La seule pluie qui avait ruisselé sur moi, c'était les gouttes de sueur sur mon front.

– Oui, c'est vrai, il pleut beaucoup, ai-je répondu. Mais ce n'est pas grave, parce qu'aujourd'hui on a passé des heures au musée Goethe. C'était super…

Juste avant de m'endormir, je n'ai pas résisté à la tentation d'ouvrir les rideaux et de jeter un coup d'œil à l'ancien appartement du docteur Velasco. Les fenêtres étaient fermées – on ne voyait aucune lumière à l'intérieur. Mon regard a glissé vers la rue. Pendant toute la journée j'avais entendu parler de crimes et de revenants sans éprouver la moindre inquiétude. Ce que j'ai découvert au pied de l'ancien immeuble du docteur Velasco m'a glacé le sang. J'ai étouffé un cri. Debout sur le trottoir, l'homme en noir que j'avais aperçu au Viaducto regardait en direction de ma fenêtre.

Capítulo Ocho

LOS ESPECTROS DEL MUSEO

–¿No decías que no creías en los fantasmas? m'a répondu Pelayo d'un air moqueur.

Au réveil, je lui avais tout de suite parlé de l'homme en noir qui m'espionnait. Il m'avait écouté avec un sourire condescendant. Peut-être regrettait-il de s'être laissé aller aux confidences la veille et voulait-il revenir à son rôle pitoyable de macho arrogant.

– ¡No era un fantasma! exclamé. Era un hombre, el mismo que vi en el Viaducto. Miraba hacia mi ventana. ¡Era real!

– Los fantasmas son reales…

J'ai lancé un soupir de découragement. ¿Dónde estaba Reme? Al despertarme, no la había encontrado en casa. ¿Por qué me dejaba sola con ese chico desequilibrado? Ou peut-être que c'était moi qui étais déséquilibrée et que l'homme en noir n'était qu'un produit de mon imagination… Si seulement Laure avait été là avec moi !

Peu après, lorsque Pelayo m'a proposé de poursuivre notre « tour del terror » au museo del Prado, j'ai refusé. Je lui en voulais de ne pas prendre au sérieux la présence de l'homme en noir. Et puis, il était temps d'arrêter avec l'au-delà et de consacrer la journée à des activités normales comme faire du shopping ou manger des tapas. Pelayo était terriblement déçu.

– No puedes irte de aquí sin haber visitado el Prado, a-t-il insisté, comme s'il tenait à faire cette visite bien plus que moi. Además, el aire acondicionado del museo funciona de maravilla. En la radio han anunciado cuarenta grados a la sombra esta misma tarde…

J'ai fini par céder. La nuit, les cauchemars avaient recommencé, comme pour me rappeler que je n'étais pas encore allée au bout du mystère de Madrid. Et Pelayo avait l'air si malheureux de mon refus qu'il me faisait de la peine. Sans compter qu'il commençait en effet à faire chaud, très chaud…

Deux heures plus tard, j'étais devant *Las Meninas*, dans une grande salle ovale parfaitement climatisée. En sortant de la maison avec Pelayo, je n'avais pas pu m'empêcher de regarder dans la rue autour de moi, anxieuse à l'idée d'apercevoir l'homme du Viaducto. La toile de Velázquez m'a fait oublier toutes mes peurs. J'en avais vu des reproductions, mais je n'étais pas préparée à ce que l'original soit si saisissant. De loin, les figures grandeur nature semblaient aussi réelles qu'un groupe de personnes figées dans un gigantesque selfie ; quand on s'approchait, elles disparaissaient comme par magie dans un embrouillamini de tâches de couleur. C'était comme l'un de ces rêves qui nous semblent vrais pendant le sommeil et qui se désagrègent au réveil, dès qu'on essaye de les mettre en mots.

– ¿Ves a ese personaje a la derecha, detrás del perro y los enanos? me preguntó Pelayo.

J'ai regardé du côté du chien et des nains.

– Nadie sabe quién es. A los otros personajes los han identificado: Velázquez, las sirvientas de la reina, la Infanta Margarita, el aposentador José Nieto, los bufones de palacio... En cambio, ese hombre de pie es un misterio. Algunos piensan que Velázquez no lo pintó, que es un fantasma que ha decidido irse a vivir en al cuadro y de vez en cuando sale de él. Los vigilantes lo llaman Manolo. Muchos han visto a Manolo paseándose por las galerías del museo o en la cafetería tomándose un carajillo...

Parfois je me demandais si ce n'était pas Pelayo lui-même qui inventait toutes ces histoires. Si tel était le cas, il ne manquait pas d'humour, malgré la gravité un peu ridicule avec laquelle il les racontait. L'idée d'un spectre qui aurait décidé de s'incruster dans le chef-d'œuvre de Velázquez, au milieu de tous les serviteurs royaux, était assez loufoque. Surtout si ce spectre, qu'on appelait affectueusement Manolo, avait aussi l'habitude de sortir de temps en temps du tableau pour se promener dans le musée et aller boire un « carajillo » – un café avec du cognac, l'une des boissons préférées de Reme.

Seguimos recorriendo las galerías del museo del Prado – había tantas obras magníficas que una no sabía dónde mirar. En un momento dado, levanté la vista de un cuadro y no vi a Pelayo. ¿Dónde se habría metido? Je m'étais éloignée des circuits les plus touristiques. Je me trouvais toute seule au milieu des toiles flamandes, peintes par des artistes aux noms plus imprononçables les uns que les autres. Je me suis arrêtée devant la *Traversée du Styx* de Patinir, un tableau mystérieux qui montrait Charon dans sa barque, transportant une âme du Paradis vers l'Enfer... « Al pasar la barca, me dijo el barquero... » Tout d'un coup, j'ai senti une présence dans mon dos. Quelqu'un – j'étais tentée de dire : quelque chose – respirait près de moi, et son souffle était à la fois saccadé et léger. Un courant d'air froid hérissait la peau de ma nuque. Manolo ? L'homme en noir ? J'aurais aimé regarder en arrière et en finir avec ces soupçons, mais j'étais paralysée par la peur. Quand j'ai finalement réussi à surmonter mon effroi et à me retourner, la salle derrière moi était vide. Étais-je en train de devenir folle ?

Quelques instants plus tard, Pelayo a réapparu.

– ¿Dónde estabas? Fui un momento al baño y luego no te encontraba por ninguna parte...

– ¿Nos vamos? ai-je proposé, encore sous l'effet de la peur.

– ¡Qué dices! Nos queda por ver al rey de los fantasmas...

Le roi des fantômes, c'était Goya. Selon Pelayo, il était le premier à avoir peint de vrais fantômes et non pas de simples fictions pour faire peur aux imbéciles.

– Los otros pintores pintaban para el rey, para la Iglesia, para cualquiera que les diera dinero, m'a expliqué Pelayo en frottant son pouce et son index pour évoquer l'argent. Goya, con más de setenta años, se encerró en su casa, la Quinta del Sordo, y se puso a decorar los muros para sí mismo. Se dice que celebraba misas negras y ceremonias de brujería allí dentro. Las Pinturas negras más que pinturas son exorcismos...

J'étais habituée aux fanfaronnades de Pelayo, mais devant les « Pinturas negras » de Goya j'ai dû reconnaître que je n'avais jamais rien vu de semblable. Les sorcières, « las brujas », les vieux et les démons de Goya n'étaient pas des humains mais ils n'étaient pas non plus des monstres comme ceux qui peuplent *Le Seigneur des anneaux*. On avait le sentiment de les avoir déjà croisés dans des cauchemars oubliés. Ni morts ni vivants, ni réels ni imaginaires... Pelayo avait raison : un vrai fantôme devait ressembler à ça, à quelque chose qui pouvait surgir et disparaître à tout moment. Je n'avais jamais vu un vieux déchirant le cadavre d'un bébé comme dans *Saturno devorando a su hijo,* mais j'avais vu cette même folie meurtrière briller comme un éclair dans les yeux des gens en colère...

J'ai frémi devant *le Sabbat des sorcières* ou *Deux vieillards mangeant de la soupe*. Mais le choc le plus violent m'attendait au bout de la dernière salle du sous-sol qui abritait la série de Goya. J'ai vu un tableau vide. C'était quand même louche, un tableau vide ! Et alors, dans un coin de la toile, en dessous des touches grises qui faisaient penser à un ciel nuageux et des touches jaunâtres qui évoquaient vaguement la terre, j'ai aperçu la tête d'un chien. Le tableau s'appelait *Perro semihundido,* qu'on aurait pu traduire par « Chien à moitié englouti ». J'ai entendu à nouveau les aboiements de mes cauchemars. « ¿Qué hace el perro, papá, qué hace el perro? », avais-je répété pendant mon sommeil. Le chien regardait vers le ciel vide ; il attendait une aide qui ne viendrait pas ; il s'enfonçait petit à petit dans le sable sous ses pattes. Et moi, j'avais l'impression de m'enfoncer avec lui...

– ¿Qué te pasa? me preguntó Pelayo al ver mi cara lívida. ¿Tienes miedo de un perro?

Je me suis tournée vers lui.

– ¡Yo ya he estado aquí! ai-je crié, bouleversée.

Capítulo Nueve

V.

De retour à la maison, nous avons trouvé Reme allongée avec une forte migraine. Je suis entrée dans la chambre plongée dans la pénombre et je me suis approchée de son lit. Reme m'a adressé un sourire plein de tendresse.

– ¿Qué tal, mi querida Eva? Espero que mejor que yo. He pasado todo el día con una amiga y he bebido demasiado. Con este calor es difícil decir no a una cervecita bien fría...

Je n'en revenais pas. Reme avait bu de la bière en compagnie d'une amie et elle avait la gueule de bois ! Elle semblait épuisée ; moi aussi, je l'étais, mais pas tout à fait pour les mêmes raisons. Depuis trois jours, j'avais éprouvé trop d'émotions. Je me sentais sur le point de craquer.

– Perseguir fantasmas es muy cansado, le dije. Más que beber...

Reme cogió mi mano y me miró fijamente con sus ojos profundos, que parecían inmensos en la oscuridad.

– Veo que estás preocupada, me dijo. Pase lo que pase, no olvides que los fantasmas tienen más miedo de nosotros que nosotros de ellos.

L'idée que les fantômes puissent avoir plus peur de nous que nous d'eux était rassurante – tout ce que disait Reme l'était. Si seulement elle avait pu m'accompagner dans mes aventures madrilènes au lieu de faire la fête avec ses copines ! Ou si, du moins, elle avait été assez jeune pour pouvoir faire les deux ! Mais peut-être que si elle avait été moins âgée ou plus sérieuse elle n'aurait pas été aussi attachante...

Reme s'est assise sur son lit et s'est mise à fouiller le tiroir de la commode. Elle en a sorti un pendentif avec une image de la « Virgen de los Remedios », qui la montrait avec l'enfant Jésus dans ses bras.

– Tómalo, m'a-t-elle dit en me tendant le pendentif. Siento que se acerca la prueba definitiva.

– ¿La prueba de qué? le pregunté.

Je ne comprenais pas de quoi cet objet pouvait être la preuve, si ce n'est de l'affection que Reme avait pour moi.

– Algo importante te espera. Algo que debes afrontar sola. No te preocupes: la Virgen te protegerá.

J'ai alors compris que « la prueba », en espagnol, était aussi « l'épreuve », et que Reme m'offrait cette image pour me donner la force d'affronter toute seule le danger qui m'attendait. Émue, je me suis penchée vers Reme et je l'ai serrée longuement dans mes bras.

Me despedí de ella y abandoné su dormitorio. En y repensant maintenant, je me demande si Reme n'avait pas prévu la découverte effrayante que j'allais faire quelques minutes plus tard, après avoir regagné ma chambre. Je me suis assise sur mon lit. J'éprouvais le besoin urgent de parler avec Laure. En ouvrant mon sac pour prendre mon portable, je suis tombée sur une feuille pliée en quatre. Contenía un breve mensaje escrito con tinta roja:

Tengo algo que te pertenece. Mañana jueves a las nueve de la mañana, en el templo de Debod. Tuyo para siempre, V.

« J'ai quelque chose qui t'appartient... » « Le temple de Debod... » « À toi pour toujours... » J'ai à peine lu ces phrases. Toute mon attention épouvantée s'est centrée sur l'initiale rouge à la fin du message – c'était le même « V. » que celui que j'avais vu en rêve et qui m'avait remplie d'angoisse. Tout d'un coup, une idée m'a traversé l'esprit. Salí de la habitación y me dirigí al salón, donde Pelayo jugaba al videojuego de zombis *The House of the Dead*.

– ¿Velasco se escribe con « B » o con « V »? le pregunté.

Pelayo me miró sorprendido.

– Con « V », claro.

Le enseñé el mensaje que acababa de descubrir.

– Lo he encontrado en mi bolso.

Pelayo lo leyó y luego me dirigió una mirada llena de inquietud.

– ¿Cuándo lo recibiste? me preguntó.

Quand est-ce que je l'avais reçu ? Au musée, lorsque j'avais senti une présence derrière moi ? Dans le métro ? Dans la rue ? Je n'en savais rien.

– ¿Qué es el templo de Debod? pregunté.

– Un templo egipcio.

– ¡Un templo egipcio en Madrid! exclamé, sorprendida.

– Está en el parque del Oeste. Creo que fue un regalo de un presidente egipcio a Franco. De dictador a dictador. Lo transportaron piedra por piedra a Madrid desde el desierto.

Le chien englouti... Le « V » à l'encre rouge... Le temple égyptien... L'un après l'autre, tous les éléments de mon rêve devenaient réels. Ou était-ce la réalité qui se transformait petit à petit en rêve ?

– ¿No pensarás ir? me preguntó Pelayo.

Si je comptais y aller ? Je n'en étais pas sûre. D'un côté, ça risquait d'être dangereux. De l'autre, je n'en pouvais plus de ces énigmes – j'étais prête à tout pour retrouver la tranquillité.

– ¿Vendrías conmigo?

– ¿Yo?

Je n'ai pas pu m'empêcher de rire. Pelayo, si courageux lorsqu'il s'agissait de faire face aux zombis et aux momies cannibales sur les écrans, avait la trouille dès qu'il fallait affronter un vrai mystère ! Mon rire l'a blessé dans son orgueil et il a fait un gros effort pour surmonter sa peur.

– Por mí no hay problema, me dijo. Pero no creo que una chica como tú se atreva a ir a una cita con el doctor Velasco...

L'insolence de Pelayo a achevé de me persuader : je me rendrais au rendez-vous, ne serait-ce que pour qu'il soit obligé de m'accompagner ! Des sept péchés capitaux que m'avait énumérés Pelayo, l'orgueil était sans doute celui dont j'étais la plus coupable.

Me hubiera gustado hablar con Reme, pero, cuando entré de nuevo en su habitación, dormía tranquilamente. No tuve valor para despertarla. Intenté también llamar a Laure; su teléfono se encontraba apagado o no tenía cobertura. Ça ne m'a pas étonnée, le jour d'avant, elle m'avait envoyé un message désespéré sur WhatsApp en me disant que ses parents s'obstinaient à l'arracher à sa chaise longue sur la plage corse pour l'emmener faire de longues randonnées dans des montagnes où il n'y avait même pas de réseau.

Poco después recibí una llamada de mi padre. No respondí. Estaba demasiado nerviosa como para inventarme una visita al Sachsenhausen de Frankfurt. Ma double vie tiraillée entre la veille et le rêve était déjà devenue suffisamment compliquée pour que je m'en invente une troisième en Allemagne.

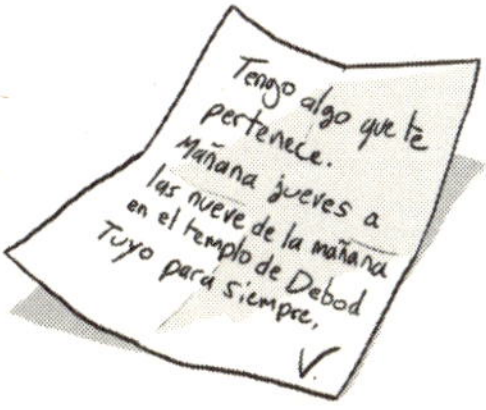

Capítulo Diez

EL TEMPLO DE DEBOD

Dans le silence du matin, j'ai aperçu la silhouette du temple de Debod, entourée des arbres du parque del Oeste. Le bâtiment millénaire, aux beaux reflets orangés, semblait flotter au-dessus de l'eau de l'étang. J'avais souvent rêvé de ce moment – c'était toujours la dernière image avant que je me réveille. Jamais je n'étais allée plus loin que les quatre imposantes colonnes de la façade principale. Quand je me suis trouvée devant l'entrée du temple, j'ai su que j'étais au seuil de l'au-delà – l'au-delà de mes cauchemars, de mes certitudes, de ma petite vie d'élève de quatrième.

Pelayo y yo miramos alrededor. No se veía a nadie, ni en la explanada del templo ni en el parque. La puerta acristalada que daba acceso al templo estaba abierta. À l'intérieur du vestibule, le bureau d'accueil était vide.

– ¿Entramos? dije.

– ¿Estás loca? exclamó Pelayo.

¡El pobre Pelayo estaba cagado de miedo! Él se quedó en el exterior y yo penetré en el vestíbulo. Mi Smartphone empezó a vibrar. Era mi padre. Desde ayer, me había llamado diez veces. Debía de estar histérico. En cuanto terminara aquella aventura, le devolvería la llamada y le contaría toda la verdad.

En m'engageant dans le couloir qui me faisait face, j'ai tout de suite senti la fraîcheur de la pénombre – une pénombre profonde, qui semblait cacher les secrets des âges anciens. Sur les murs, on apercevait des bas-reliefs qui montraient le pharaon offrant des cadeaux aux dieux pour obtenir l'immortalité. Je suis parvenue à une chapelle vide. J'ai entendu une toux derrière moi.

– ¿Pelayo? ai-je demandé.

Je me suis retournée. Un homme d'une cinquantaine d'années, habillé en uniforme, se tenait devant moi. Il était beau. Même à son âge, dans ces circonstances, sa beauté m'a frappée – mais c'était une beauté étrange, maladive.

– ¡Eres tú! s'est-il exclamé. ¡No has cambiado nada! ¡Estás igual que cuando nos conocimos!

« La même que lorsque nous nous étions rencontrés ? » Mais je ne connaissais pas du tout ce type ! Ses yeux brillaient dans le noir. J'ai reconnu l'éclat des yeux de Saturne dévorant son fils, celui-là même qui avait dû éclairer le regard du docteur Velasco lorsqu'il avait pris sa fille pour sa femme : c'était l'éclat de la folie !

– ¡Existes! ¡No eres un fantasma! murmuró el desconocido.

¿Yo, un fantasma? C'était lui le fantôme ! Il a essayé de prendre mon bras. J'ai esquivé son geste, j'ai poussé un cri, je me suis mise à courir dans le couloir qui s'ouvrait à ma droite.

J'entendais sa voix derrière moi, résonnant contre les murs du vieux tombeau égyptien.

– Sabía que volverías. Todas las tardes iba al Viaducto a esperarte...

¡El Viaducto! C'était donc lui, l'homme en noir ! Il se rendait là-bas tous les soirs pour... m'espérer ? Non, plutôt pour m'attendre. J'aurais voulu accélérer ma fuite, mais je me suis retrouvée face au mur d'une autre petite chapelle. Et cette fois-ci il n'y avait pas d'issue !

– Tengo algo que te pertenece: mi corazón. Nuestro amor es más fuerte que la muerte...

Je l'ai vu réapparaître devant moi. J'ai compris pourquoi son regard brillait tellement dans la pénombre : il avait les larmes aux yeux.

– Siento todo lo que pasó. Yo no quise matarte...

Me tuer ? Il était complètement cinglé, ce mec ! Pour lui prouver que j'étais bel et bien vivante, j'ai hurlé de toutes mes forces.

– No tengas miedo. No voy a hacerte daño. Solo quiero empezar de nuevo. Una segunda oportunidad. ¿Recuerdas aquí mismo, nuestro primer beso?

« Notre premier baiser… » J'étais horrifiée. Il s'approchait de plus en plus. Son regard me transperçait, comme s'il voyait quelqu'un d'autre à travers mon corps. Debía de equivocarse de persona. Tout d'un coup, je me suis rappelé le pendentif de Reme. Je l'ai sorti de ma poche et je l'ai brandi devant l'inconnu. En voyant la mère avec l'enfant dans ses bras, il est resté un instant paralysé – on aurait dit que son délire s'était momentanément évanoui. À ce moment quelqu'un a surgi de la pénombre et s'est jeté sur l'homme du Viaducto. Tous deux sont tombés par terre, en criant les pires insultes.

Je suis restée tétanisée, sans savoir quoi faire. La lumière blafarde des LEDs de la chapelle a éclairé un instant le visage du deuxième homme qui roulait sur le sol du temple. J'ai lancé un cri de surprise. C'était mon père ! Et il jurait en espagnol !

Capítulo Onze

AMORES QUE MATAN

Quelques instants plus tard, la police est arrivée. En entendant mes cris, Pelayo était parti chercher de l'aide et il n'avait pas tardé à trouver deux agents qui faisaient leur ronde dans le parc. Ils ont séparé mon père et l'inconnu, et ils nous ont tous conduits au commissariat du quartier. Nous avons passé une bonne partie de la journée à faire des dépositions et à signer des papiers. Ils ont placé en garde à vue Víctor de la Rosa – c'est ainsi que s'appelait l'homme en noir. Nous, ils ont fini par nous relâcher après avoir pris nos coordonnées. Pelayo voulait rentrer chez lui, mais, profitant que mon père était parti aux toilettes, je l'ai prié de rester.

– No te vayas, por favor, le dije.

Tenía miedo de quedarme sola con mi padre. Debía de estar enfadadísimo conmigo y pensé que la presencia de otra persona podría calmar su cólera.

– Vale, dijo Pelayo. Haré de pararrayos…

« Jouer le rôle de paratonnerre… » Au fond, il était sympa, ce Pelayo ! En sortant du commissariat, mon père n'a presque pas parlé et nous a emmenés dans un restaurant proche, décoré avec des têtes de taureaux empaillées.

– ¡El sitio no ha cambiado nada! s'est-il exclamé quand nous y sommes entrés.

Il connaissait donc Madrid ! Quand était-il venu ? Où avait-il appris l'espagnol ? Pourquoi ne m'en avait-il rien dit ? Les quelques informations décousues que j'avais entendues au commissariat ne faisaient qu'augmenter ma confusion. Les questions se pressaient sur mes lèvres. Cependant, je me suis dit que le plus intelligent était de prendre les devants et de commencer par mes propres explications.

– Écoute, papa, j'ai pas mal de choses à te dire…

Le hablé de los sueños en español, de Laure, de Reme, de la hipnosis, de cómo había surgido la idea del viaje clandestino a Madrid… Al terminar mi relato, mi padre parecía más emocionado que enfadado. « Mi pobre Eva », repitió varias veces.

– Si no te importa, hija, por cortesía con tu amigo, vamos a hablar en español.

C'était si étrange pour moi de l'entendre parler cette langue ! J'avais l'impression qu'il devenait quelqu'un d'autre.

– Soy yo quien te debe explicaciones, ma chère Eva…

Il a démarré sa longue explication en parlant de ma mère. Comme je le savais déjà, elle ne s'était jamais bien entendue avec ses parents. À l'âge de dix-neuf ans, elle avait quitté la France et s'était installée à Madrid pour faire ses études… J'étais sidérée ! Ma mère avait vécu en Espagne !

– En Madrid fue donde conoció a Víctor, a Víctor de la Rosa, continuó mi padre. Fue su primer amor. Durante varios años debieron de ser muy felices. Muchas veces me he sentido celoso de esa felicidad.

– ¿Celoso? pregunté.

– Celoso, oui, jaloux, a traduit mon père. Pero luego Víctor empezó a volverse raro, posesivo, celoso también. Cuando tu madre tenía una cita, la seguía por la calle...

Ça alors ! Ma mère avait été amoureuse de l'homme en noir ! Et lui, pour sa part, il l'était resté, à en juger par les mots délirants qu'il m'avait adressés au temple de Debod... J'ai regardé Pelayo. Il écoutait l'histoire de mon père avec la même attention avec laquelle il jouait à *The House of the Dead*.

– Tu madre decidió escapar de la relación tóxica con Víctor y volver a Francia. Tenía veintidós años. Fue entonces cuando nos conocimos. Yo también había estudiado español y había hecho un « stage » de seis meses en

Barcelona. Todos los veranos, viajábamos con una mochila por distintas regiones de España: Andalucía, los Pirineos, Asturias... Tu madre no quería volver a Madrid, a pesar de que la consideraba como su ciudad preferida. Tenía miedo del fantasma de Víctor...

Ce n'était pas surprenant que ma mère ait eu peur de Víctor. Il était fou à lier ! Mais peut-être qu'au début il n'était pas comme ça, que c'était son amour trop exclusif pour ma mère qui l'avait rendu ainsi... J'avais du mal à me représenter toute cette histoire, notamment mes parents comme deux jeunes voyageant sac au dos dans toutes les régions d'Espagne... Pourquoi mon père ne m'en avait-il jamais parlé ? Je lui en voulais de m'avoir caché ces moments de bonheur partagés avec ma mère.

– Luego tu madre y yo nos casamos y naciste tú, Eva. Cuando tenías tres años, me ofrecieron un puesto de ingeniero en Madrid, en la filial española de France Telecom. Era un trabajo interesante y bien pagado. Tu madre siempre me hablaba maravillas de Madrid. Aun así, se resistía a ir. Seguía marcada por su relación con Víctor. Yo la convencí recordándole que hacía más de diez años que aquella historia había acabado...

– Attends un moment, papa, suis-je intervenue (je n'arrivais pas à lui parler en espagnol). Tu es en train de me dire que j'ai habité à Madrid quand j'étais petite ?

– Oui, quand tu avais quatre ans, me respondió en francés, y luego siguió contando en español: Los primeros seis meses en Madrid fueron el período más feliz de nuestras vidas. Teníamos un apartamento maravilloso, en Las Vistillas, cerca del Viaducto, con vistas a la puesta de sol. Por la mañana ibas a la escuela en español; por la tarde nos paseábamos por el centro: el barrio de los Austrias, la Puerta del Sol, la Plaza Mayor... Algunos fines de semana te llevaba al Prado...

– *Perro semihundido*, dije.

Mon père m'a regardée avec étonnement.

– C'est incroyable ! Tu t'en souviens ! Tu étais fascinée par ce tableau…

– En español, por favor, intervino Pelayo.

Mi padre sonrío.

– Sí, claro, perdona, Pelayo. Eva estaba fascinada con ese cuadro.

– ¿El cuadro del perro? preguntó Pelayo.

– Sí, dijo mi padre. Todas las semanas quería verlo. « ¿Qué hace el perro, papá? », me preguntaba siempre en español… (Il s'est retourné vers moi.) Un día tu madre te llevó al parque del Oeste. Pasasteis al lado del templo de Debod. Víctor trabajaba de vigilante allí y os vio. Desde entonces se puso a acosar a tu madre…

– ¿Acosar? pregunté.

– Il s'est mis à la harceler, ¿entiendes? La seguía por la calle. Espiaba su ventana. Una mañana, al salir contigo de casa para llevarte a la escuela, tu madre se encontró con una « V » escrita en el muro con tinta roja. Avisamos a la policía, pero no nos tomaron en serio.

Le « V » écrit à l'encre rouge avait donc vraiment existé ! Je l'avais vu avec ma mère en allant à l'école ! Les rêves ont une meilleure mémoire que nous...

– Un día, Víctor esperaba a tu madre en el Viaducto. Al verlo, tu madre quiso evitarlo y cruzó la calle corriendo para cambiar de acera, elle a traversé la rue pour changer de trottoir, tu comprends ? Une voiture l'a renversée. Los médicos no pudieron hacer nada para salvarla...

La voix de mon père s'est brisée sous le coup de l'émotion. Il a bu une longue gorgée de vin. Je me suis rappelé ce que Víctor, me prenant pour la réincarnation de ma mère, m'avait dit : « No quise matarte... » Et j'ai pensé à une expression espagnole que Reme nous avait apprise : « Hay amores que matan », il y a des amours qui tuent.

– Pourquoi tu ne m'as jamais rien dit de tout ça ? lui ai-je demandé avec une pointe d'amertume.

– Je suis désolé, m'a dit mon père. J'aurais dû le faire depuis le début. Je t'ai mise en danger avec mon silence. Je me sentais coupable.

L'espagnol me faisait trop penser à ta mère. C'est bête ! Elle adorait cette langue. Elle adorait ce resto. Elle adorait cette ville...

Pelayo a toussé pour nous rappeler qu'il était temps de changer de langue. Nous sommes sortis du resto. Mon père nous a guidés le long de la promenade préférée de ma mère : el parque del Oeste, el Campo del Moro, la Cuesta de Segovia, la merveilleuse Plaza de la Cebada. Il nous a montré la maison où j'avais vécu pendant un an. J'étais venue à Madrid pour trouver des fantômes et je me rendais compte que c'était en France que j'avais vécu entourée de spectres. Pour la première fois, ma mère était devenue pour moi un être en chair et en os. Je ne m'étais jamais sentie aussi proche d'elle.

– ¿Cómo supiste que Eva no estaba en Alemania? preguntó de pronto Pelayo a mi padre.

Mi padre sonrió.

– Llamé a Eva un martes y me dijo que había estado en el museo de Goethe. Por curiosidad miré la página web del museo y descubrí que estaba cerrado ese día.

– ¿Y cómo supiste que yo estaba en Madrid? le pregunté.

Era la primera vez que hablaba a mi padre en español.

– Geolocalización.

– ¿Qué?

Mi padre volvió a sonreír.

– Yo también sé algo de magia.

GMAN · HENREID
WARNER BROS.
blanca
ALLAO
P

Capítulo Doce

EL DÉCIMO METRO

El día antes de mi regreso a Francia, Pelayo me propuso por fin una actividad normal: ir a una discoteca para menores de catorce años en compañía de sus amigos. Sus amigos eran tan raros y morbosos como él, pero muy simpáticos.

Cuando salimos de la discoteca, hacía una noche espléndida. Las calles estaban llenas de gente. Me daba pena pensar que era mi última noche en Madrid. Estaba decidida a volver muy pronto, en compañía de Laure. Mi padre me había prometido que nuestras próximas vacaciones las pasaríamos en España. ¡Ya no tendría que viajar a Madrid vía Frankfurt!

Pelayo y yo llegamos a la Puerta del Sol. El reloj de la torre marcaba las diez de la noche.

– ¿Sigues creyendo en los fantasmas? le pregunté.

– ¡Claro que sí! me respondió. ¿Por qué no iba a creer?

– Al final mi historia tenía una explicación racional, dije. Las imágenes extrañas de mis sueños eran en realidad recuerdos. Las palabras en español que decía dormida eran palabras que había aprendido de niña, cuando tenía cuatro años. Y el hombre de negro no era el doctor Velasco, sino un loco enamorado del recuerdo de mi madre...

Pelayo sacudió la cabeza.

– Así que tú ya no crees en los fantasmas...

– No.

– Entonces no tendrás inconveniente en esperar conmigo el décimo metro...

Me acordé de la leyenda del metro lleno de

almas errantes que Pelayo me había contado durante nuestro tour del terror.

– ¿Estás loco?

Pelayo esbozó una sonrisa irónica.

– ¡Tienes miedo!

– ¡Claro que no!

– ¡Claro que sí! Si no tuvieras miedo, me acompañarías...

Recordé que Pelayo me había acompañado al templo de Debod.

– Está bien. ¡Iré contigo!

Pelayo hizo un gesto de triunfo.

– ¡Perfecto! ¡Vamos al infierno!

Llegamos a la estación de Callao a las diez y diez. Nos sentamos en un banco del andén y nos pusimos a esperar. El intervalo entre los metros era de casi quince minutos. La estación estaba cada vez más vacía. Con cada metro que pasaba, aumentaba mi inquietud. ¿Y si, a pesar de todo, la leyenda fuera verdad? ¿Y si los fantasmas existieran? Pelayo también estaba nervioso, aunque intentaba ocultarlo. Posiblemente se preguntaba, como yo, por qué nos habíamos metido en aquella locura.

Por fin, a medianoche, apareció el décimo metro. Los vagones hacían un ruido extraño, que recordaba a un largo lamento. En el interior las luces se encendían y se apagaban. Estábamos solos en el andén. Pelayo me dirigió una mirada donde se leía el miedo. Pensé que iba a echarse a correr. El metro se paró. Parecía vacío. Las puertas se abrieron. Pelayo me cogió de la mano y me arrastró al interior.

Así acaba la aventura de cómo aprendí el español y empieza otra que quizás pueda contarte en una próxima ocasión. ¿Me convertí en un alma errante? ¿En un fantasma? En español no hay diferencia entre « fantasme » y « fantôme », y creo que es mejor así. Nosotros, los personajes de los libros, tenemos algo de los dos. En todo caso, si alguna vez sueñas conmigo, te aconsejo que me busques en el mismo lugar que a Manolo, a Conchita o al doctor Velasco: en las calles mágicas de Madrid.

L’auteur

Marcos Eymar est né à Madrid. Très tôt, il a commencé à écrire des histoires qu’il publiait dans l’Editorial Misterio, une maison d’édition dont il était à la fois le propriétaire, le designer, l’auteur et le seul et unique lecteur. Il a ensuite fait des études de littérature à l’Universidad Complutense de Madrid. Le hasard ou le destin l’ont amené à Paris, où il vit depuis quatorze ans. Actuellement, il enseigne l’espagnol à l’université d’Orléans. Il a publié deux livres de nouvelles dans sa langue maternelle (*Objetos encontrados* et *Llaves en mano*) et un essai en français, *La langue plurielle.* Son premier roman, *Hendaya,* a été publié en Espagne et en Amérique latine, et traduit en français chez Actes Sud en 2015. Il rêve souvent de sa ville natale – en espagnol ou en français, il serait incapable de le dire.

Pour choisir son roman Tip Tongue

/ 8-10 ANS / DÈS LE CE2-CM1-CM2 / A1 INTRODUCTIF

• ANGLAIS

Jeanne et le London Mystery
CLAUDINE AUBRUN
ET STÉPHANIE BENSON
LONDRES (Angleterre)

Florimond à la recherche du Oxford Treasure
YVES GREVET
OXFORD (Angleterre)

Blanche-Neige et la Magic Frog
STÉPHANIE BENSON

Boucles d'Or et les Strange Bears
STÉPHANIE BENSON

Valentin et les Scottish Secret Agents
CLAUDINE AUBRUN
ET STÉPHANIE BENSON
ÉDIMBOURG (Écosse)

Jeanne et le Fake London Manuscript
CLAUDINE AUBRUN
ET STÉPHANIE BENSON
LONDRES (Angleterre)

☺☺☺☺ / 10-12 ANS / DÈS LE CM2-6e-5e / A1 DÉCOUVERTE

• ANGLAIS

Hannah et le trésor du Dangerous Elf
STÉPHANIE BENSON
DERRY (Irlande)

Tom et le secret du Haunted Castle
STÉPHANIE BENSON
AIRTH (Écosse)

Noah et l'énigme du Ghost Train
STÉPHANIE BENSON
DUBLIN (Irlande)

Qui a vu le Phantom of the Opera?
CARINA ROZENFELD
SYDNEY (Australie)

La malédiction du Welsh Red Dragon
STÉPHANIE BENSON
ABERGAVENNY (Pays de Galles)

Wiggins, Sherlock et le Mysterious Poison
BÉATRICE NICODÈME
LONDRES FIN XIXe

• ALLEMAND

Martin et la Mysteriöse Kreatur
ROLAND FUENTÈS
MITTENWALD, HEIDELBERG (Allemagne)

Quatre fantômes im neuen Berlin
ROLAND FUENTÈS
BERLIN (Allemagne)

• ESPAGNOL

Thomas et le misterio Dalí
GILLES FONTAINE
CADAQUÈS (Espagne)

☺☺☺☺ / 12-14 ANS / DÈS LA 5e-4e-3e / A2 INTERMÉDIAIRE

• ANGLAIS

Peter et le mystère du Headless Man
STÉPHANIE BENSON
SAINT STEPHEN (Angleterre)

Lilith et la vengeance du Dark Magician
STÉPHANIE BENSON
LONDRES (Angleterre)

Alex et le rêve de la New York Star
STÉPHANIE BENSON ET JAKE LAMAR
NEW YORK (États-Unis)

Hélène et les Disappearing Gamers
NICOLAS LABARRE
PARIS (France)

Lucas et la Chick Team
MAÏTÉ BERNARD
NASHVILLE (États-Unis)

Zoé et l'élixir of Eternal Life
HERVÉ JUBERT
BRIGHTON (Angleterre)

• ALLEMAND

Emma et la japanische Mangaka
ISABELLE COLLOMBAT
LEIPZIG (Allemagne)

Mathéo et la tolle Mädchen
MYRIAM GALLOT
FRANCFORT-LANDENBURG (Allemagne)

• ESPAGNOL

Benoît et la bande de los Moteros
MAÏTÉ BERNARD
IBIZA (Espagne)

Tournage al Alcázar de Sevilla
LAURENCE SCHAACK
SÉVILLE (Espagne)

Je suis un verdadero Argentino!
LAURENCE SCHAACK
BUENOS AIRES (Argentine)

😊 😊 😊 😊 / 14-16 ANS / Dès la 3e-2nde-1re / B1 SEUIL

• ANGLAIS

Hidden Agenda
CHRISTOPHE LAMBERT ET SAM VANSTEEN
SAN FRANCISCO (États-Unis)

La traversée du Time Tunnel
STÉPHANIE BENSON
EPSOM (Angleterre)

Dylan Dilemma
STÉPHANIE BENSON
NEW YORK (États-Unis)

Découvrez aussi… Tip Tongue JOURNAL

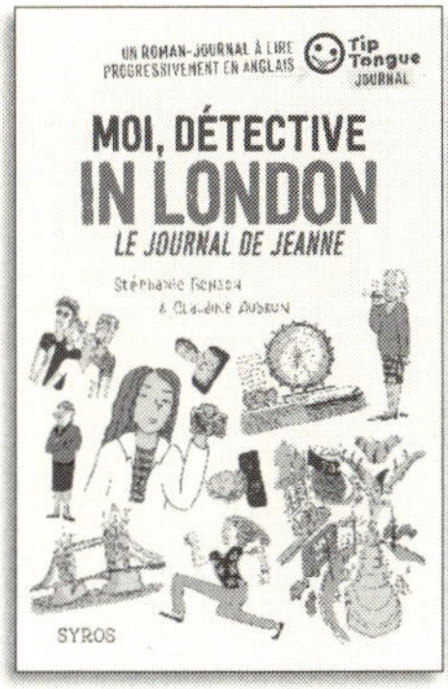

Des romans dessinés qui passent petit à petit en anglais.

8-10 ANS
DÈS LE CE2-CM1-CM2
A1 INTRODUCTIF

10-12 ANS
DÈS LE CM2-6e-5e
A1 DÉCOUVERTE

ET SI TOI AUSSI TU ÉCRIVAIS UN JOURNAL IN ENGLISH?

12-14 ANS
DÈS LA 5e-4e-3e
A2 INTERMÉDIAIRE

14-16 ANS
Dès la 3e-2nde-1re
B1 SEUIL

Loi n° 49-956 du 16 juillet 1949
sur les publications destinées à la jeunesse,
modifiée par la loi n° 2011-525 du 17 mai 2011.

Mise en pages : DV Arts Graphiques à La Rochelle
N° éditeur : 10262107 – Dépôt légal : février 2018

FSC www.fsc.org MIXTE Papier issu de sources responsables FSC® C022030

Achevé d'imprimer
en janvier 2020
N° d'impression : 2947554X